Wolfgang Tribukait

Gereimtes und Ungereimtes

Phantasien mit und ohne Holz

Für Anregungen zur Verbesserung der Texte danke ich meiner Enkelin Inanna Tribukait, meiner Frau Gudrun und der Redaktion der Seniorenzeitschrift „Eule" an der PH Freiburg i. Br.; für Satz und Umbruch meinem Schwiegersohn Hanno Schreiber.

Wolfgang Tribukait, geboren 1932 in Ostpreußen, unterrichtete jahrzehntelang Englisch, Französisch, Deutsch und Geschichte am Wirtschaftsgymnasium Villingen. Reisen führten ihn in viele europäische Länder und in die USA. Für den Schwarzwälder Boten schrieb er zahlreiche Berichte über Gastspiele am Villinger Theater, Ortsbeschreibungen für den Almanach des Kreises Schwarzwald-Baar. Freude am Umgang mit Sprache und Gedanken ließ ihn Texte und Gedichte über Begebenheiten seines Alltags verfassen, selbstkritisch und kritisch auch gegenüber seiner Umgebung. Im Laufe der Jahrzehnte entstanden eine unzählige Holzfiguren.

Weitere Veröffentlichungen von Wolfgang Tribukait:

Aus der Mitte gerückt Geschichten unserer Zeit (2004) BoD: ISBN 3-8334-1065-5

Im Lauf der Jahre Berichte und Geschichten (2008) BoD: ISBN-13: 978-3-8370-7016-3

Gedichte und Texte Eigenverlag (2013)

Gedankenspiele und Holzphantasien Gedichte und Holzfiguren (2016)
   BoD: ISBN 9-783741-23805-5

Was noch geschah Alltagsgeschichten (2016) BoD: ISBN-13: 978-3-7412-7582-1

Dies und Das Alltagsgeschichten (2020) BoD: ISBN-13: 978-3-7519-2351-4

Brüche Ein Leben im 20. Jahrhundert (2021) BoD: ISBN-13: 978-3-7526-6659-5

Inhalt

Würmchen

Würmchen schrieb ins Internet:
»Ihr lieben Freunde! Seid so nett
schickt mir einen kleinen Gruß
weil ich zu Hause bleiben muss!«
Die Freunde denken. »Armer Wurm!
Wir machen gleich 'nen kleinen Sturm
dich aus dem Kerker zu erlösen
in den dich eingesperrt die bösen
so mächtigen Corona-Viren –
die sollen ihre Kraft verlieren!«
Und eins zwei drei und mit Musik
zaubern für Würmchen sie ein Glück
am Bach und auf der grünen Wiese
im schönen Gartenparadiese.
Das Würmchen und die Freunde denken
den Musikanten was zu schenken.
Das ist zwar wenig an Gewicht –
doch manchmal freut ein klein Gedicht.

Mit klugen Worten

Mit klugen Worten schreiben Literaten
was da und dort geschieht an guten Taten –
und wie durch manches gut gemeinte Wort,
viel Gut's geschieht an manchem stillen Ort.
Ein Staudamm hier, ein Kraftwerk da –
man ahnt kaum mehr, wie's früher war.
Doch ob der Wandel gut gelingt
wenn hier bald mehr kein Vogel singt?

Ist ein junger Mensch wie ein Schiff, das nach einem Hafen für ein sicheres Leben sucht?

Früh hatte ich meinen Vater verloren, war als Heimatvertriebener entwurzelt. Wer konnte damals in der Nachkriegszeit mein Vorbild werden – ein Lotse für meine Entwicklung? Die Männer der Vätergeneration, oft Kriegsheimkehrer, suchten damals nach Neuorientierung. Welche alten Werte galten noch? Was bedeuteten »Glauben – Ehre – Vaterland«. Ein sympathischer junger Lehrer schwärmte von seiner lustigen Studentenzeit in den Vorkriegsjahren – war das eben in einer Corporation in den 1950er Jahren noch angemessen? Die Naturwissenschaften galten als zukunftsweisend. Auf Empfehlung des Lehrers widmete ich mich der Geologie – zeigte sie doch, wie unsere Welt sich in der Erdgeschichte entwickelt hatte, lehrte das Verstehen von Landschaften. Und sie führte hinaus über die Enge meiner Herkunft. Ich lernte einen Germanistikstudenten kennen, der mich Thomas Mann und Saint-Exupéry schätzen lehrte. Und bei einem Studienjahr in der Westschweiz machten mich Studienkollegen mit Schätzen der französischen Literatur bekannt.

Aber die Alltagsarbeit eines Geologen besteht im Befragen von Steinen. Ich arbeitete für ein Bergwerk, erfuhr wenig über Menschen. Sind die nicht wichtiger als Steine? Der verständnisvolle Betriebsleiter und ein Kollege zeigten mir, dass meine Fähigkeiten nicht auf Beobachten von Einzelheiten lagen. Wenn ich nicht zum Spezialisten, zum Fachidioten werden wollte, musste ich das Studienfach wechseln. Meine geologischen Kenntnisse konnte ich in der Geographie verwerten, und ich konnte meine Grundlagen der englischen und französischen Sprache ausbauen.

Die Universität Freiburg bot viele Gedanken in Philosophie und Soziologie. Der Romanist Hugo Friedrich faszinierte mich. Und in einem Arbeitskreis für Rundfunkfragen diskutierten Studenten mit erfahre-

nen Redakteuren, geleitet vom Rundfunk-
rat Dr. Karl Becker. Gern wäre ich Pub-
lizist geworden, aber allzu groß war
mein Rückstand an Wissen. Und da
ich kein Geld hatte, wollte ich so rasch
wie möglich mein Studium beenden.
Ich war jung, verheiratet. Meine Frau
lotste mich ins Lehramt. Ich hoffte,
dort weiter lernen zu können.

Gute Lotsen weisen einem Le-
bensschiff den Weg in den richtigen
Hafen – andere können auch dazu
führen, dass man sich auf einer Sand-
bank festfährt.

Zwei Frösche

Ich bin ein Frosch, ducke mich auf den Boden, sprungbereit. Ich bin träge, mag mich nicht rühren. Als Kaulquappe sprang ich in ein rotes Gewässer – und aus war's mit der Gewöhnlichkeit. Jetzt sitze ich als roter Frosch inmitten meiner braunen und grünen Verwandten, ein Sonderling; ist das nun eine Auszeichnung oder ein Makel?

Manchmal wünsche ich mir, ich könnte sein wie andere – fröhlich, naiv, unbelastet von Grübeleien, zufrieden mit meiner Banalität. Aber dann denke ich auch wieder: Nein, ich bin stolz auf meine Besonderheit, möchte ihretwegen anerkannt und geehrt werden.

Mein Bruder ist anders als ich. Schlank und hochgewachsen sieht man ihm an, dass er zu großen Sprüngen bereit ist. Vielleicht wird ein Zufall oder das Schicksal ihn berühmt machen. Ob er glücklicher ist als ich?

Aber was ist Glück? Zufriedenheit mit dem im Leben Erreichten? Dann müsste auch ich einigermaßen glücklich sein.

Na los, Brüderchen! Lebe du deine Besonderheit, ich lebe meine! Ob man nun große Sprünge macht oder nur kleine – wir bleiben unbedeutende Frösche!

Aber manchmal frage ich mich doch: Habe ich besondere Anlagen? Sollte ich etwas tun, um die zu entfalten? Ich könnte mich zufrieden geben mit dem, was ich bin. Und doch treibt mich immer wieder eine innere Unruhe zu dem Versuch, mehr aus mir zu machen. Zwecklos, Versäumtem nachzutrauern. Du, reines Brüderchen, mache es besser! Möge es dir gelingen!

Am See

Ausgebreitet lag der See in der Stille. Sanfte Hügel umrahmten ihn, an einigen Stellen mit Buchenwald, an anderen umgaben ihn Felder und Wiesen. Fern ahnte man ein Dorf; aber das bildete nur ein paar dunkle Punkte in dieser Einsamkeit. Breite Schilfgürtel säumten die in der Sonne glitzernde Wasserfläche. Nur am Fuße eines bewaldeten sandigen Hanges war der Zugang zum See frei; der Boden fiel dort unter dem Wasser steil ab.

Heiß brütete der Sommer über dem Land. Eine kleine Lichtung im Wald, direkt am Ufer – hier waren keine Menschen. Für die Dorfbewohner lag sie zu weit abseits, und Feriengäste hatten sich nicht in diese Gegend verirrt. Nur zwei Wanderer, ein junges Paar, hatten hier ihr Zelt aufgeschlagen. Müde vom Weg und vom Zeltbau in der Hitze warfen sie ihre Kleider ab, rannten in das aufspritzende Nass. Wie herrlich die Abkühlung! Und welcher Genuss, die Glieder nackt zu fühlen, unbeschwert von Textilien und Konventionen, frei und umspielt von Luft, Sonne und Wasser! Sie schwammen hinaus, scherzten, lachten, dehnten sich, freuten sich an ihrer Schönheit.

Plötzlich schrie die junge Frau laut auf. Dicht vor ihr tauchte eine große Blase aus dem Wasser. Pflanzen klebten strähnig an den Seiten, darunter ein gekräuselter Bart, muskulöse Arme. In der einen Hand ein Dreizack – der zielte auf sie. Die andere Hand streckte sich nach ihr aus, versuchte, ihre Hüfte zu umschlingen, sie in die Tiefe zu ziehen. Sie meinte, eine Stimme zu hören: »Ei, du bezaubernder Frauenleib, wie will ich deine Freuden genießen! Wie köstlich werden die Scheren meiner Krebse in dein zartes Fleisch schneiden!«

Einen Augenblick war sie starr vor Entsetzen. Dann schlug sie um sich. Ihre Blicke suchten den Freund. Ein großer Fisch hatte ihn fortgelockt – endlich bemerkte er, wie sie verzweifelt kämpfte gegen ein Wesen, das er nicht richtig erkennen konnte. Er sah, wie etwas sie nach unten zog. Was konnte er tun?

Schnellstens schwamm er auf sie zu. Konnte er ankommen gegen die starke Gewalt? Er stürzte sich auf den Kopf des Wesens – war es ein Wels oder ein Wassermann? Der sank in die Tiefe – und er zog den Mann mit sich hinab. Dem war es, als werde er von Pflanzen oder von einem Strudel umschlungen. Wie konnte er herauskommen, wenigstens sich selber retten? Um sich greifend berührte seine Hand etwas Langes, Glitschiges. Mühsam und gegen die Strömung zog er sich daran zur Seite. Aus der dunklen Tiefe strebte er ins Hellere, nach oben. Mit letzter Kraft kam er ans Licht. Nur Luft!

Doch wo war seine Freundin? Nein, der Strudel hatte sie nicht in der Tiefe gehalten, dort trieb sie, ein Stück entfernt. Verwirrt stammelte sie: »Ein Wassermann hat mich hinunter gezerrt, versucht mich zu vergewaltigen. Da ist ein zweiter Wassermann gekommen, der hat den ersten verjagt, freundlich mit mir gesprochen, mich auf eine Strömung gelegt wie auf ein Lager; die hat mich an die Luft getragen.«

Sie schwammen ans Ufer, benommen von dem Schreck.

Am nächsten Tag erfuhren sie im Dorf, dass an der Stelle, wo sie gebadet hatten, schon öfters Menschen verunglückt waren.

Die Fischerin

Wie war's vor Zeiten unbequem
für Mädchen, still mit anzusehn
wie sie bei Männern, jung und alten
im Grunde herzlich wenig galten.
Sich fortzupflanzen braucht man sie,
als wären sie ein nützlich Vieh
sie zu erringen kostet Müh
zufrieden? Selten oder nie.
Doch für ein Mädchen kommt's drauf an
zu fischen sich den richt'gen Mann.
Der muss viel Nöte überstehn
und sollte möglichst gut aussehn.
Doch so 'nen Kerl erst mal zu finden
und dann ihn fest an sich zu binden
braucht´s manche sanfte Weiberlist
bis er ein Mädchen endlich küsst.
Erst macht sie ihm gar schöne Augen
die wohl als Angelhaken taugen.
Dann reicht sie ihm ein Händchen fein,
zeigt später dann ein Stückchen Bein,
weiß, wie ein Lächeln ihn verführt
so dass er große Freude spürt
wenn sie sich zärtlich zu ihm neigt
und was von ihren Reizen zeigt.
Und so, mit feingesponnenen Netzen
kann sie in Liebeswahn ihn hetzen
bald muss im Netz er hilflos zappeln
kann nicht entkommen, nicht sich rappeln;
ist ihr mit Haut und Haar verfallen
kann nur noch Liebesworte lallen.

Nach nur 'nem knappen halben Jahr
schleppt sie ihn hin zum Traualtar.
Für ihn ist nun die Freiheit hin -
doch sie freut sich an dem Gewinn
denn endlich, wirklich hat sie ihn.

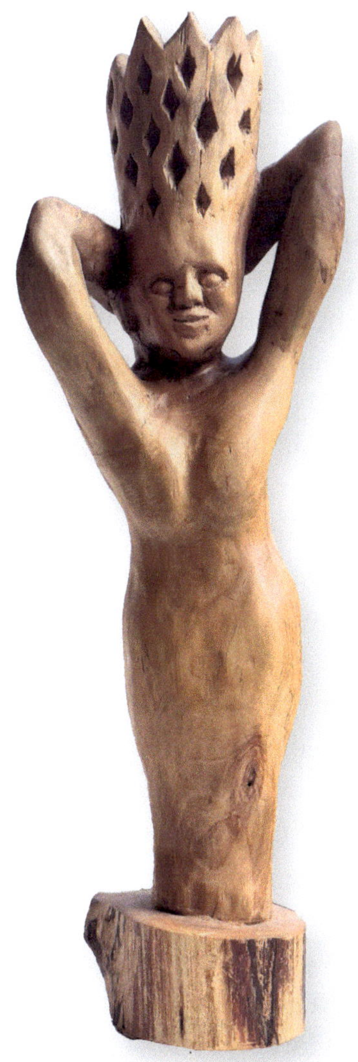

Nein

»Ja willst du denn hier in deinem kleinen Kaff hinter dem Mond völlig versauern?« Louis packte Hans an den Schultern. »Mensch, ein junger Kerl wie du muss doch mal was von der Welt sehen! In unserem Geschäft in Hamburg könnten wir dich gut brauchen. Wir zahlen anständig, wir besorgen dir ein Zimmer, wir helfen dir, dich zurechtzufinden! Und wenn es mal irgendwo klemmt, bisher hat meine Firma ihre Leute stets großzügig unterstützt!«

Hans zögerte noch. Aufgewachsen in einem Dorf als Sohn eines Gärtners, fürchtete er, in der Großstadt den Boden unter den Füßen zu verlieren. Was für Bekannte würde er finden? Würde er den Leuten dort nicht als ein törichter Dorftrottel erscheinen?

Aber Louis zerstreute seine Bedenken. Man bot ihm eine interessante Arbeit, ein angenehmes Zimmer in einem Wohnheim, an seine Verpflegung stellte er keine großen Ansprüche. Wenn er wollte, konnte er Fernsehen oder ins Kino gehen. Und er fand Bekannte in einem Sportverein.

Manchmal bummelte er abends durch belebte Geschäftsstraßen. Toll, was es da alles zu sehen gab! Aber bald hatte er genug davon. Man sollte jemand haben, mit dem man über alles sprechen könnte!

Louis erzählte von einem angenehmen Tanzlokal. Eines Abends gingen sie hin. Ein halbdunkler Raum, kleine Tischchen, dezente Tanzmusik. In einer Ecke saßen ein paar Mädchen. Eine gefiel ihm, er sprach sie an: »Möchten Sie tanzen?« – »Ja, gern.« – »Sind Sie das erste Mal hier? Gefällt es Ihnen? Haben Sie hier Freunde und Bekannte?« Der übliche Smalltalk. »Haben Sie neulich den Film gesehen?« Aber dann bestellten sie doch zusammen eine Cola und ein Bier. Sie tanzten ein paar Mal miteinander. Seine Hand lag auf ihrer Hüfte, fühlte ihre Haut. Ein schneller Rhythmus machte ihn fast schwindlig, er riss sie an sich. Da war er überrascht, dass sie es geschehen ließ, ja, es fast zu verlangen schien. Einmal entführte sie ein anderer junger Mann, aber danach sagte sie: »Mit dir ist's schöner!« Hans wurde es warm ums Herz.

Nach dem Ende des Tanzabends begleitete er sie zu ihrer Wohnung. Sie erzählte von ihrer Arbeit und von ihrer Familie. Angestellte in einem Kaufhaus. Alles ziemlich gewöhnlich und, wie er fand, nicht sehr interessant. Sie fragte kaum nach seinem Woher und Wohin. Und dann schmiegte sie sich an ihn. Vor ihrer Haustür sagte sie: »Möchtest du noch mit raufkommen?«

Da erschrak er. Nein, das ging zu schnell. Wie viele flüchtige Begegnungen mochte sie schon erlebt haben? Er hätte sich wohl eine Freundin gewünscht – eine, die er achten und mit der er über alles sprechen und der er vor allem vertrauen könnte. Aber eine, die sich ihm anbot, obwohl sie einander kaum kannten? Nein, mochte man ihn für altmodisch halten, aber so ein schnelles Abenteuer war nichts für ihn. »Lass dir's gut gehen, und hab eine gute Nacht!«

Er ging. Aber nachher dachte er: »Eigentlich schade. Warum nur hat die sich selbst so entwertet? Oder war ich ein Idiot, dass ich in alten Vorurteilen verharrte? Nein, für ihn sollte eine Frau mehr sein als bloßer flüchtiger Zeitvertreib mit einem schönen Spielzeug oder gar ein blutiges Stück Fleisch. Und er wollte für sie mehr sein als bloß ein Kuscheltier, war es da nicht richtig gewesen, dass er sie ablehnte, ohne sie zu kennen?

Zerbrochenes Porzellan

Wie leicht geschieht 'nem alten Mann
dass er was nicht mehr halten kann.
Zu Boden fällt das gute Stück
Und bricht sich dabei das Genick.
Wie schade um das Porzellan!
Fassungslos schaut nun die Frau es an,
sehr hat es beim Sturz gelitten
man kann es leider nicht mehr kitten.
Die Scherben wieder aufzukehren
muss Frau den Mann erst noch belehren.
Sie muss ihm böse Worte sagen,
das kann der Mann sehr schlecht vertragen.
Er flieht und lässt die Frau allein.
Das findet die nun ganz gemein
Sie schimpft und wünscht den Mann zum Teufel.
Doch kommen ihr dann wieder Zweifel.
Ist ihre Müh das Streiten wert?
Wäre Versöhnung so verkehrt?
Wo mal ein Missgeschick geschehen
Kann man den Ärger ja verstehen.

Begegnung

Auf der Terrasse eines Cafés im Süden, hin und her fluten Menschen vorbei. An meinem Nachbartisch sitzen zwei junge Männer, elegant gekleidet, sie machen einen kultivierten Eindruck. Ein rotes Getränk steht vor ihnen, halb geleert sind die Gläser. Angeregt ihr Gespräch in italienischer Sprache, doch plötzlich bricht es ab. Gebannt schauen sie zu zwei jungen Damen, die gerade eintreten – geschmackvolle Kleider, dezent geschminkt, braune Haare gefällig frisiert, hübsche Gesichter und Figuren. Sie schauen aus nach freien Plätzen, doch nur an dem Tisch gegenüber den zwei Herren sind noch welche frei. Aber sie kennen die Männer offensichtlich nicht – zögernd nähern sie sich, fragen förmlich und zurückhaltend, ob sie sich setzen dürfen. Selbstverständlich. Und dann sprechen sie scheinbar gleichgültig über irgendwelche anderen Dinge, trotzig und abweisend ihre Gesichtsausdrücke, sie schauen in eine andere Richtung. Fetzen ihres Gesprächs dringen an mein Ohr, aber ich verstehe nur wenig Italienisch. Ist es etwas belangloses? Ihr Gesicht und ihre Gesten deuten an, wie gleichgültig ihnen die Männer sind. Aber die lassen sich nicht abschrecken, unverwandt starren sie hinüber, scheinen die Regeln der Höflichkeit vergessen zu haben, und dann sprechen sie, so scheint mir, über Musik, vermischen Musikalisches mit Worten über die Liebe.

Unmissverständlich erklingen die schönen Worte der italienischen Sprache. Die Mädchen erröten, und mir scheint, als verkrampfe sich der Griff ihrer Hände um ihre Eisbecher. Sie versuchen noch immer, in eine andere Richtung zu schauen. Aber dann lösen sich ihre Hände, liegen auf dem Tisch wie ermattete Vögel. Sofort bemerken es die Männer, versuchen, mit warmen Worten ein Gespräch zu beginnen. Und nach wenigen Augenblicken des Zögerns lassen sich die jungen Damen darauf ein. Wie bezaubernd sind die verlegenen Bewegungen einer Hand ….

Karriere

Der Doktor Strebsam ist sehr schlau -
das weiß er selber ganz genau
und darum strebt er nach der Ehre
von möglichst glanzvoller Karriere.
Stets weiß er seinem Chef zu schmeicheln
und dessen Selbstwertgefühl zu streicheln.
Strebsam zeigt gern den eignen Fleiß
wie gut er doch's zu schaffen weiß!

Um Konkurrenten zu besiegen
braucht man mitunter auch Intrigen.
Denn sollte wer im Wege stehn
sorgt List dafür, das der muss gehn.
Doch katzenfreundlich grüßt er jeden
und jeder weiß auch, der kann reden.
Dass andere ihn bewundern, staunen
und von künft'gen Ehren raunen.

Wen ein paar Freunde warm empfehlen
der braucht nicht lange sich zu quälen.
Des Netzwerks gut Zusammenspiel
bringt bald ihn zum ersehnten Ziel.
Und so, auf der Karriereleiter
steigt Doktor Strebsam immer weiter.

Wer solch ein Netz beharrlich knüpft
gar bald in hohe Ämter schlüpft.
Doch kann ein Netz auch Gutes wirken
wenn es zu höheren Bezirken
mal solchen Leuten Zugang schafft
die das nicht tun aus eigner Kraft.
Vielleicht sind die ja ein Genie –
doch leider weiß man so was nie.

Das Netz

Das Netz dient einem guten Zweck
Man tritt hervor aus dem Versteck,
fühlt sich als Autor gleich bedeutend
Weil öffentlich gewichtig schreitend.
Man hockt nicht länger still im Winkel
und fühlt sich gleich als feiner Pinkel.

Doch was ein Mensch zu sagen hat
wird nicht befragt. Denn in der Tat
mag dieses recht bescheiden sein –
wichtig ist nur der schöne Schein.
Wer oft im Netz wird angeklickt
der gilt auch gleich als sehr geschickt.

Wer heute fragt nach Qualität
der kommt in unsrer Zeit zu spät.
Er zappelt wie im Netz der Spinne
Und bald vergehen ihm die Sinne.

Der Kannibale

Ich bin ein alter Kannibale
und labe mich am festlich-frohen Mahle.
Verzückt seh' ich die abgeschnittenen Ohren
des Feindes in meiner Pfanne schmoren.
Aus seinem knusprig braunen Rücken
schneide ich mir in kleinen Stücken
die appetitlich schönen Happen,
nach denen meine Finger schnappen.
Toll das Filet am kleinen Spieße,
das ich mit Freude nun genieße
Ein Bratenstück aus seinen Lenden
kann ich jetzt in der Pfanne wenden.
Wie köstlich ist die Fleischeslust,
wenn sie zerteilt des Feindes Brust.
Bei Schnitten mit dem scharfen Eisen
will ich genußvoll ihn verspeisen –
ein Gläschen guten Alkohol
trink ich dabei – prost auf mein Wohl!

Blaue Uniformen

Vor etwa 300 Jahren war Blau die Farbe der preußischen Grenadiere. König Wilhelm I., der grausame Soldatenkönig, war stolz auf seine »langen Kerls«. In diesen Uniformen kämpften die Regimenter des Preußenkönigs Friedrich II. gegen Österreich, Frankreich, die deutsche Reichsarmee und Russland. Sie erfochten viele Siege, erlitten bei Kunersdorf 1758 eine vernichtende Niederlage, und nur der plötzliche Tod der russischen Zarin Elisabeth rettete Preußen vor dem Untergang. Dennoch galt der blaue Rock in Preußen und Deutschland lange Zeit als Ehrenkleid, ein Symbol für Korrektheit und Pflichterfüllung. Anderswo hatte ein Staat eine Armee, in Deutschland hatte die Armee einen Staat. (Manchmal ins Lächerliche übersteigert wie beim Hauptmann von Köpenick).

Wie prächtig sahen sie aus, die Soldaten der ›Grande Armée‹ Napoleons, als sie 1812 nach Russland zogen! Die blauen Uniformröcke waren verziert mit bunten Schnüren, und die Mützen ließen die Männer größer erscheinen. Wohlgeordnet und zuversichtlich zogen sie nach Osten. Das Blau verlor sich in den Weiten Russlands. Furchtbar der Rückweg in den weißen Schneefeldern. Viele Regisseure haben das Geschehen in Filmen dargestellt, prächtig in den Farben, schrecklich im Leiden der Menschen. Das herrliche Blau wurde zum Symbol menschlicher Hybris, die in den Untergang führt.

Dennoch bleibt es ein verständlicher menschlicher Wunsch, sich herauszuputzen in einer schönen bunten Uniform. Wie fühlen Männer darin ihre Kraft und ihre Macht! Aber seit den Grausamkeiten des mechanisierten Krieges präsentieren sich Militärparaden in anderer Form.

Kann man es den Menschen verübeln, wenn sie auch heute noch Kraft und Schönheit darstellen wollen?

Im Rahmen der alemannischen Fasnet stellen wohlhabende Bürger sich, ihren Reichtum und ihre Würde zur Schau. Neben vielen anderen, manchmal sehr originellen Kostümen leuchtet da auch der blaue

Rock mit seinen weißen und roten Applikationen. Die Männer stolzieren wie farbenprächtige Gockel, doch anders als im rheinischen Karneval zeigen vielerlei Gruppen ihre örtlichen Besonderheiten. Sie feiern sich, ihre Schönheit und die Geschichte ihres Ortes, ausgeschmückt mit manchen bunten Anekdoten. Jeder weiß, dass alles nur ein Spiel ist. Ein Spiel, das sich selber feiert und damit das Februargrau und seinen Alltag unterbricht. Es steigt auf zu schönem Schein. Der ist zwar eigentlich nichtig und vergänglich. Aber, wie Goethe sagt: »Am farbigen Abglanz haben wir das Leben«. Und in diesem Bewusstsein feiern alemannische Bürger an Fasnet in schönen Uniformen und Narrenkostümen sich und ihre Geschichte. In Villingen erklingt dabei ein würdevoller Narrenmarsch.

Direktoren

Manche guten Direktoren
sind für ihren Job geboren
fleißig sind sie Tag und Nacht
weil ihnen das Freude macht.

Leider gibt's auch andre, solche
eigentlich nur fiese Strolche
welche ihren guten Posten
listig zu erschleichen wussten.
Haben sie ihr Ziel erreicht
bald die Arbeitsfreude weicht.

Ihr Vertreter darf sodann
euch mal zeigen, was er kann.
Denn zu Weiterbildungsfragen
muss der Chef an Arbeitstagen.
Bald wird ihn auch Krankheit plagen.

Doch wenn Untergebne wagen
über Missstände zu klagen
kann der Chef nicht nur ermahnen
sondern drohn auch mit Schikanen

Wer ein freies Wort riskiert
ist am End oft angeschmiert.
Untergebne fragen bloß:
Wie wird solchen Chef man los?

Der Lauscher

Er lauscht dem fremden eigenwilligen Klang –
ist's wichtig, was von fern her an sein Ohr da drang
oder ein bloß Geschwätz, nichtig und unbedeutend?
Was ist denn wesentlich in dieser Welt?
Vorüber flieht die Flut der Namenlosen
Birgt sie vielleicht ein Körnchen Sinn?
Wer bist du, Mensch – ein Staubkorn nur im All?
Und doch versuchst du deinem kurzen Leben
so etwas wie Bedeutung beizumessen?
Vielleicht kannst du dem Alltag Würde geben.

Überraschung

»Bitte entschuldigen Sie, aber fährt jemand von Ihnen zufällig mit dem Auto in Richtung Südstadt? Ja? Könnten Sie meine Frau und mich ein Stück mitnehmen?«

Eine ältere Frau fragte: »Wo wohnen Sie denn? Wäre das für mich ein großer Umweg?« Zierlich war sie und lebhaft, das Gesicht voller Falten. Unsere Wohnung lag auf ihrem Heimweg. Ich lotste sie vor unsere Tür, fragte: »Dürfen wir Sie noch zu einem Getränk einladen?« Gern nahm sie an.

Der warme Sommerabend lockte auf unsere Terrasse. Sie erzählte von ihrem Dorf. Seit vielen Jahren wohnte sie dort, da hatte ihr Mann einst ein kleines Haus gebaut. Weit waren dort die Wege zu alltäglichen Besorgungen. Ihr Mann war vor einigen Jahren verstorben, ihre Kinder erwachsen und fortgezogen. Öffentliche Verkehrsmittel gab es kaum, ein eigenes Auto war unverzichtbar: Was sollte aus ihr werden, wenn sie eines Tages nicht mehr allein für sich sorgen könnte? Ihre Kinder würden nicht zu ihr, sie nicht zu ihren Kindern ziehen.

Lebhaft erzählte sie, leicht gefärbt vom Dialekt ihrer Heimat, durchsetzt mit alemannischen Wörtern. Wir freuten uns an ihrer einfachen ungekünstelten Sprache.

Zu dem Konzert hatte sie einen weiten Weg auf sich genommen. Wir schauten etwas erstaunt – Interesse an Kammermusik von Mozart und Donizetti – in jenem Dorf? Ja, früher war sie in Dienst gewesen bei einer vornehmen Dame, da hatte sie oft Arien aus Operetten gehört, die hatten ihr gefallen. Und nun fuhr sie ab und zu in ein Konzert.

Sie erzählte von weiten Reisen, die sie gemacht hatte. In Persien hatte sie alte Paläste und Kronjuwelen bewundert, und wie sauber war alles gewesen! Die Hotels tip top! Und in Marokko hatten die lebenssprühenden Märkte sie beeindruckt und die gut ausgebauten Straßen, neben denen der Müll lag.

Und wie hatte sie das alles finanziert? Nun, in der Betriebsküche eines großen Werks hatte sie jahrelang gut verdient, hatte sparsam gelebt in dem kleinen Häuschen, das sie von ihrem Mann geerbt hatte.

Unser Gespräch zog sich noch lange hin. Offensichtlich gefiel es ihr bei uns. Es überbrückte ihre Einsamkeit. Wir freuten uns, dass unsere Bitte um Hilfe ihr eine Freude gemacht hatte. Vielleicht würden wir sie bei einem anderen Konzert wiedersehen und die Bekanntschaft vertiefen.

Trüber Tag im Januar

Ich sitze am Fenster und schaue über den Garten hinweg auf die Straße. Alleebäume neben dem schmalen Fußweg. Die kahlen Äste bilden ein dunkles Geflecht vor dem grauen Himmel. Wie kalt pfeift der Wind! Wer mag schon an solchem Tag sein Gehäuse verlassen!

Doch, dort kommt ein Mann die Straße herunter. Er trägt einen grauen Hut und einen dunklen Mantel. Sein Gesicht kann ich nicht erkennen. Er scheint um die sechzig. Er geht allein, langsam. Er wechselt von dem rechten auf den linken Gehweg. Die meisten Häuser hier sind klein. Er steuert auf das etwas größere Haus zu. Weshalb mag der einsame Mann jetzt am Vormittag unterwegs sein? Am Briefkasten ging er vorbei. Kehrt er zurück von einem Besuch? Vielleicht hat er jemandem ein gutes neues Jahr gewünscht. Hat er sich erkundigt, ob die Leute von der ansteckenden Krankheit verschont geblieben sind? Das hätte er auch telefonisch tun können. Aber wer dem anderen persönlich gegenüber steht, zeigt doch etwas mehr Verbundenheit.

Der Mann geht weiter. Ich kenne ihn nicht. Hat er etwas Wichtiges zu sagen? Denkt er an Familienangelegenheiten oder an Geschäfte? Ich würde es gern wissen – aber bin ich zu neugierig? Es geht mich ja nichts an. Aber vielleicht sollte ich mich doch mehr interessieren für das Leben anderer Menschen. Und jetzt biegt er ab in eine Seitenstraße und ich sehe ihn nicht mehr.

Die Figur

»Befreie mich aus dem Holzklotz« befahl der kleine Drache. Der Mann war müde, seine Arme schmerzten, er hatte eigentlich keine Lust zu arbeiten. Aber der kleine Drache fauchte wie ein launischer Kobold: »Du weißt, wie du die Messer führen musst; also los, stell dich nicht so an!« Seufzend griff der Mann nach dem Werkzeug. Er schaute das Holzstück an. Schlug bald hier, bald da Späne davon ab, prüfte, korrigierte, sann. Die anfangs groben Umrisse wurden genauer, deutlicher wurde die Figur erkennbar. Jetzt, sprach sie wieder: »Mich juckt es unter dem Flügel! Und jetzt am Hals – so – merkst du nicht. Dass ich meine Füße nicht bewegen kann?« So ging es fort. Stunde um Stunde, Tag um Tag. Endlich sagte der kleine Drache: »Jetzt ist meine Form richtig; aber streichle noch mein Fell, schleife mich, damit die Maserung meines Holzes schön erkennbar wird!« Der Mann gehorchte. Seine Finger schmerzten, aber er musste einfach tun, was die Figur sagte. Endlich schimmert sie im matten Glanze. »So, jetzt stelle mich dort auf den Tisch! Und jedes mal, wenn du mich anschaust, darfst du dir sagen. Den habe ich gemacht, und es ist gut. Und wenn du einst tot bist, können auch deine Kinder und Enkel sich noch freuen, wenn sie mich anschauen.«

Metamorphose

Nach oben strebte der Baum
wurde von Menschen gefällt
in Stücke zerlegt
bereitet fürs Feuer

Ein Teil bot sich an
Form zu werden
als Träger von Licht.

Wandel braucht Zeit
Mühsames Handwerk
schafft flache Senken
gewölbte Rücken
Geflechte von Linien.

Nach langwieriger Arbeit
wird des Holzes Struktur
in neuer Gestalt offenbar
erfüllend Funktion für den Menschen
Und alles ist anders.

Schreibblockade

Ein gutwilliger Mensch versuchte
sich zu verbessern. Er verfluchte
dass ihm nichts Rechtes wollt gelingen
Könnte er bess'res nicht erzwingen?
Er grübelte mit vieler Müh
»Kommt denn der rechte Einfall nie?«
Da dachte er: Jetzt lass ich's bleiben
es wird wohl heute nichts mit meinem Schreiben
Doch als er gar nicht sich's versah
war plötzlich doch ein Einfall da.
Wie gern würd er sich glücklich nennen –
wird man vielleicht ihn anerkennen!

»Holla, wo bin ich denn hier gelandet?« fragte sich der kleine Kobold. Er saß auf einem hölzernen Schemel, der stand auf der Terrasse eines Gartens. Neben ihm ein Rosenbusch, dünn beschneit seine Zweige; ein Ast mit den letzten Blüten wölbte sich über ihn. Hinter einer Mauer ein paar höhere Bäume – war der Kobold von dort hergeflogen? Und wann und wo hatte er sich so verletzt, dass an seinem rechten Oberschenkel noch eine breite Narbe zu sehen war?

Er schaute sich um. Durch ein Fenster sah er in ein behagliches Zimmer. Ein alter Mann und eine alte Frau saßen einander gegenüber und tranken Tee. Auf dem Tisch stand ein Leuchter, in dem zwei Kerzen brannten. Neben ihnen ein Gesteck aus trockenen Tannenzweigen. »Ei« dachte der Kobold, »euch kann ich einen Streich spielen!«

Er schüttelte sich, spreizte seine Flügel. Die Leute mussten das sehen, sie kamen nach draußen auf die Terrasse. Durch die offene Tür fegte ein Windstoß ins Zimmer. Heftig flackerten die Kerzenflammen hin und her. Wie lustig musste es sein, wenn die trockenen Tannenzweige daneben aufflammten!

Der Kobold sah, das könnte allzu schlimm enden.

Mit einem Satz war er im Zimmer, stürzte sich auf die Kerzen, löschte sie aus. Nicht einmal die hellen Spitzen seiner Flügel und seines Schwanzes hatte er sich versengt. »Glück gehabt«, dachte er. Aber in dem Zimmer war auch ein Spiegel. In dem sah er, dass seine Nase ganz schwarz geworden war. »Na, da kann man ja Angst kriegen vor mir«, meinte er.. »Wie oft halten mich die Leute für böse, wenn ich nur einen harmlosen Spaß gemacht habe. Aber hier, ein Lippenstift; ich male meine Nase ganz rot, dann bin ich ein Clown, und die Leute werden sich über mich amüsieren«. Und der Kobold blickte verschmitzt aus seinen schwarzen Augen.

Plötzlich trat eine jüngere Frau in das Zimmer, die Tochter der alten Leute. Sie sah den Kobold und die offene Terrassentür; ihre Eltern mussten draußen sein. Sie streckte die Hand nach dem Kobold aus. Der fauchte ein bisschen, doch dann ließ er sich streicheln. Wie angenehm fühlte sich das an, eine warme Hand auf seinem glatten Fell. Er schnurrte wie eine Katze. Und dann sagte er ganz leise: »Es ist schön, bei den Menschen zu sein; ich kann ihnen ein wenig Abwechslung bringen.«

Und damit flog er zu einem guten Platz auf dem Schrank; von dort aus konnte er alles sehen, was in dem Zimmer geschah…

Die Ausbrecherin

Das Mädchen M., 18 Jahre alt, war eine gute Schülerin. Gegen den Widerstand ihrer Eltern hatte sie es durchgesetzt, dass sie das Gymnasium besuchen durfte. Ihre Eltern waren Zeugen Jehovas, und M. war im Geist dieser Gemeinschaft erzogen worden. Manchmal stand sie mit dem »Wachtturm« an einer belebten Straßenecke, oder sie ging mit einer Freundin von Haustür zu Haustür, um zu missionieren. Dabei geriet sie eines Tages an einen überzeugten Atheisten. Der ließ sich auf sie ein, und in der Diskussion merkte sie, dass er eigentlich bessere Argumente hatte. Natürlich konnte sie das nicht zugeben, nicht während des Gesprächs und auch nicht später, als sie allein war. Aber seine Gedanken gärten weiter in ihr, in der Schule und im Fernsehen stieß sie immer wieder auf ähnliche Ideen. Allmählich begann sie an ihrer Religion zu zweifeln. Ihre Familie und ihre Gemeinde bearbeiteten sie, ja keinen Zweifel zuzulassen; aber auf die Dauer konnte sie die weltlichen Gedanken nicht unterdrücken. Und hatte nicht ihr strenger Glaube sie isoliert von Mitschülern und Altersgenossen? Musste sie sich ändern, um anerkannt zu werden?

Schließlich wollte sie doch sie selbst sein, und sie wurde kritisch gegenüber den anerzogenen Gedanken. Ihre Eltern und ihre Gemeinde bearbeiteten sie; die wollten ihre Seele retten. Aber nach Jahren furchtbarer Zerrissenheit erkannte M., dass sie von ihrer Glaubensgemeinschaft an der Entfaltung ihrer Person gehindert worden war. Wie mühsam war es, das Gewohnte abzustreifen! Sie musste sich befreien! Wie schrecklich die Widerstände von so vielen Bekannten und Verwandten! Mehrere Male wechselte sie den Wohnort, versuchte, den Verfolgern zu entfliehen. Nach einer langen Zeit gelang es ihr schließlich; sie machte sich frei von dem Netz, in dem sie gefangen gewesen war.

Und nun fragt sie sich: Soll sie schweigen über ihre Geschichte? Oder soll sie warnen, um andere vor ähnlich Schlimmem zu bewahren?

Oft fesseln Religionen wie auch politische Parteien geistig ihre Anhänger. Es gab indoktrinierte Hitlerjungen, die noch 1945 den Heldentod für Führer und Vaterland sterben wollten. Und manche Leute waren (und sind) von einer terroristischen Ideologie überzeugt. Mit Netzen fängt man nicht nur Fische!

 Schief

Der armdicke Ast einer Robinie lag am Straßenrand. Das Stück war der Länge nach gebrochen; schön traten die roten und gelben Streifen des Holzes hervor. Ich nahm das Stück mit, ließ es in meiner Garage trocknen. Wer weiß, was irgendwann einmal daraus werden konnte!

Viele Jahre später bat mich eine Enkelin um eine Stehlampe. Der alte Ast fiel mir in die Hände; ja, daraus ließ sich ein Lampenfuß machen; wenige Schnitte und maschinelles Schleifen würden die schöne Maserung zur Geltung bringen. Ein quer angeleimtes anderes Holzstück ergäbe einen soliden Stand.

Die Arbeit ging schnell voran. Nach wenigen Tagen wurde der Ast zu einem hüfthohen, unregelmäßig geformten Lampenfuß. Aber o weh! Er stand nicht senkrecht, ein Schirm würde auf absurde Weise schräg in die Höhe ragen.

Ich nahm die Teile wieder auseinander, versuchte, die zu leimenden Flächen zu korrigieren. Es gelang nur teilweise. Trotz meiner Bemühungen blieb der Ansatz für den Schirm schief; muss ich mich mit der Unvollkommenheit der Arbeit abfinden? Und das gilt ja nicht nur für diese Arbeit mit einem Stück Holz. Nur selten lässt sich mein Bemühen durch volles Gelingen krönen. Ich strebe danach, und oft erlebe ich schmerzlich meine Grenzen. Muss ich resignieren? Lohnt sich die Mühe? Manchmal. Verliere ich da nicht viel Zeit?

Eines Tages kehre ich zu diesem Werk zurück. Ich betrachte es mit Abstand. Und dann findet sich doch noch eine Lösung. Ich spreche mit dem Techniker eines Lampengeschäfts. Mit geringer Mühe kann er den Schirm so montieren, dass er wirklich senkrecht steht. Nun leuchtet die Lampe als schönes Schmuckstück.

39

Traumwanderung

Manchmal träume ich: Ich bin auf dem Weg zu einer einsamen Wanderung. Vertraut ist mir die Umgebung: Sträßchen und Wege, von Bäumen umstanden, führen über offenes Gelände, hinauf zum Waldrand. Wenn ich mich dort rechts halte, müsste ich bald auf einen anderen Weg stoßen, der mich wieder bergab führt zum heimatlichen Städtchen. Nach ein oder zwei Stunden sollte ich wieder daheim sein. Doch was ist das? Der Weg führt mich am Ziel vorbei, unbekannt sind mir die Häusergruppen. Ich glaube doch zu wissen: In diese bestimmte Richtung müsste ich gehen. Aber da sind Trümmergrundstücke, zerbröckelnde hohe Wände von Ruinen. Einstige Wohnblöcke und Fabriken.Ich kann meine Richtung nicht einhalten; und jetzt weiß ich nicht mehr, ob ich nicht schon zu weit gegangen bin, weit an meinem Ziel vorbei. Ich bin in eine verwirrende, völlig chaotische Umgebung geraten. Vielleicht werden meine Angehörigen mich vermissen – aber sie haben ja keine Ahnung, wo sie mich suchen könnten. Einsam wandere ich, kein Mensch ist zu sehen, den ich fragen könnte. Und während ich ratlos dastehe und nicht weiß, wohin ich mich wenden soll, lichtet sich die undeutliche Dämmerung und ich erwache.

Unverhofft

Wir fuhren durch Lettland. Am Vortag hatten wir das alte Städtchen Kuldīga besucht; malerisch gruppierten sich kleine alte Häuser um einen Marktplatz. Etwas größer das Rathaus und ein einstiges Kaufhaus, roter Backstein überall – waren wir um lange Zeit in eine norddeutsche Idylle zurückversetzt? Wir schauten zu, wie eine Frau nach alter Handwerkskunst Wolldecken webte. Ein Hinweisschild auf Deutsch und Englisch: Lange war Kuldīga eine bedeutende Hansestadt. Neben dem Ort baumbestandene Erdwälle, Überreste einer mittelalterlichen Burg. Zu deren Füßen ein unendlich breiter Wasserfall, nahe dabei eine lange Brücke. Und wie heimelig war unsere Unterkunft, eine einstige Mühle, einfache, etwas klobige Holzmöbel, rustikale Gediegenheit!

Unsere Straße führte durch Kiefernwälder. Endlos zog sie sich hin, eigentlich nur eine Schotterpiste. Über viele Kilometer kein Haus, geschweige denn ein Dorf. Am Morgen hatten wir gut gefrühstückt; jetzt packte uns ein menschliches Bedürfnis. Kein Anlass zur Scham in der Einsamkeit dieser Wälder. Wenige Schritte weg von der Straße – und welche Überraschung! Überall leuchteten auf dem Waldboden Gruppen von gelben Pfifferlingen, groß wie Handteller. Welch üppige Menge! Nach wenigen Minuten hatten wir eine reichliche Mahlzeit, mehr würden wir beim besten Willen nicht essen können. Unmassen davon ließen wir stehen! Froh über das unerwartete Geschenk der Natur fuhren wir weiter.

Am Abend in unserem Hotel baten wir den Koch, uns unsere Ernte zuzubereiten. Wir putzten sie, und dann tat er es gerne. Und wir genossen unser Festessen.

Unterm Luftkreuz

Viele Flugzeuge am Himmel ziehn –
ich frag mich nur; Wohin, wohin
Die meisten fliegen nach Südwesten
Gefällt es ihnen dort am besten?
In Südamerika und Spanien
blüh'n schon im Frühling die Geranien
Viel andre nach Nordosten ziehn
wie weit wohl? Baltikum? Berlin?
Will jenes in den warmen Süden?
Oder ins Land der Pyramiden
Das da kommt gerade aus dem Osten –
wer lässt sich dort die Reise kosten?
Gar manches fliegt wohl nur mit Fracht –
haben die Leute auch bedacht
ob dieser Flug sich wirklich lohnt
wenn jemand nicht so weit entfernt wohl wohnt.
Ein Kreuz von weißen Düsenstrahlen
die Flugzeuge am Himmel malen
so wird uns unsre Luft verdorben.
Bis jetzt sind wir noch nicht gestorben
Doch könnt uns bald die Luft ausgeh'n
wenn Totenkreuze am Himmel stehn.

In ihrer Zeit

Wie fremd ist diese alte Welt geworden!
Ein seltsam Kauz ich, der sich selbst betrachtet.
Die Kompassnadel zeigt nach Süden statt nach Norden
was früher galt, wird heute oft verachtet.

Werte, für mich voll Sinn und voll Bedeutung
scheinen viel andern gleichgültig und leer
nichtssagend und in die Irre leitend –
eitles Geschwätz und nichts als Sand am Meer.

Mit tausend neuen Dingen locken neue Welten
ein Wortgeklingel mit oft trügerischem Schein –
angeblich sollen neue Werte gelten –
ich kann mir über nichts mehr sicher sein.

Wird morgen noch ein Stein nach unten fallen?
Steigt noch das Warme in die Höhe auf?
Ich höre Menschen unklares Gestammel lallen
und zweifle an der Dinge richt'gem Lauf.

Maschinen, die uns heute Ideen schenken
Greifen bestimmend ein in unseren Lebenslauf
Werden sie künftig unsere Geschicke lenken?
Geben wir Selbstbestimmung auf?

Das Neue, das die alte Welt verwandelt
Es lockt mit fragwürdigem Schein.
Es wird sich zeigen, wie die Menschheit handelt –
wird es für sie zum Segen sein?

Welt im Wandel?

Stellen wir uns einen Menschen vor, der etwa um das Jahr 1895 geboren wurde. Nennen wir ihn Wilhelm – so wurde er getauft, nach dem damals herrschenden deutschen Kaiser. Wilhelm wuchs auf im fraglosen Glauben an ›Kaiser, Gott und Vaterland‹.

Er hielt die Ordnung von Arm und Reich, höheren und niederen Ständen für selbstverständlich, freute sich an des Kaisers Worten »Am deutschen Wesen soll die Welt genesen!« Als junger Mann zog er begeistert für diese Werte in den Krieg. Er hatte das Glück, dessen Schrecken zu überleben, kehrte enttäuscht und verbittert heim in eine veränderte Welt: Der Besitz angesehener Familien zerrann in der Inflation zu nichts. Die Worte geachteter Männer waren fragwürdig. Wilhelm fühlte sich überfordert, wenn er im Widerstreit der Meinungen eine eigene Ansicht bilden sollte. Er empfand es als Schande, dass Deutschland die harten Bedingungen des Versailler Vertrags erfüllen sollte. Zwar war ihm das vulgäre Geschrei der Nazis zuwider – aber als sie an die Macht kamen, konnte er das nicht ändern. Er versuchte sich anzupassen. Und in den dreißiger Jahren lebte es sich ja auch tatsächlich angenehmer, die Ordnung gab den Leuten was, sie verlangten. Wilhelm sah zwar mit Unbehagen, wie manche Menschen verschwanden; aber im Großen Ganzen war er zufrieden: Er konnte den Lebensunterhalt für sich und seine Familie verdienen, und wie viele neue Erfindungen erleichterten die Mühsal des Alltags, von der Waschmaschine bis zum neuen Büro, von der neuen Kleidung bis zum Volkswagen. Und wie vielerlei Unterhaltung gab es! Es war so bequem, die Augen zu verschließen vor politischen Problemen. Nein, den Zweiten Weltkrieg hatte Wilhelm gewiss nicht gewollt, doch er freute sich an deutschen Siegen. Und die Niederlage musste er resignierend hinnehmen wie ein böses Verhängnis. Die schlimme Nachkriegszeit betrachtete er als Willkür der Sieger, nicht als Ergebnis deutscher Schuld.

Wilhelm wäre heute über hundertzwanzig Jahre alt. Er wäre stolz darauf, Deutscher zu sein, er genösse das gute Leben in einem reichen Land, das sich aus großem Elend wieder emporgearbeitet hat. An wie vielen Dingen kann man sich heute erfreuen, die früher undenkbar erschienen! Die Bequemlichkeiten des Alltags, die schönen Urlaubsreisen in alle Länder der Welt! Die medizinische und die soziale Versorgung, die dem weitaus größten Teil der Menschen hier ein gutes und langes Leben ermöglichen! Die Menschen können fliegen, neue Medien übermitteln im Nu Nachrichten in alle Welt, und künstliche Intelligenzen schaffen Unerhörtes. Das alles hätte man in Wilhelms Kindheit nicht zu träumen gewagt!

Wilhelm ist nur ein erdachter Mensch, er könnte mein Vater oder von vielen Leuten der Großvater sein. Aber wenn er noch lebte, müsste er denken: Eine so gute Zeit wie die letzten siebzig Jahre haben die Menschen hier noch nie gehabt. Mehr können sie nicht verlangen. Freilich, in manchen Gegenden der Welt sieht es noch schlimm aus. Wir versuchen, das zu verbessern – da gibt es viel zu tun.

Wir wissen: Wir verbrauchen die Schätze der Erde, werden die Welt unseren Nachkommen wohl in einem schrecklichen Zustand hinterlassen. Aber wir haben uns an den Gedanken gewöhnt, werden unsere Annehmlichkeiten erst aufgeben, wenn eine große Katastrophe uns keinen anderen Ausweg lässt.

Und es gibt ja auch Versuche, die Natur zu erhalten und das Leben der Menschen auf unschädliche Weise zu sichern. Allzu gern werden wir uns mit diesem Gedanken beruhigen und weiterleben wie bisher. Wir wünschen unseren Forschern und Ingenieuren Erfolg beim Streben nach Verbesserungen. Und vielleicht versuchen wir, durch ein bescheideneres Leben ein wenig dazu beizutragen. Weshalb aber sollten wir heute und hier auf alle Annehmlichkeiten verzichten und nach besseren Utopien suchen? Können wir uns überhaupt bessere Utopien vorstellen? Meistens verharren die Menschen träge in ihren Gewohnheiten. Welt im Wandel? Davon gab es in den letzten hundertzwanzig Jahren mehr als genug. Wir erinnern uns noch an ärmere Zeiten. Unsre Errungenschaften wollen wir nicht aufgeben. Nur wenn es ganz unvermeidlich ist, werden wir uns etwas einschränken, so wenig wie möglich.

Und einige von uns, aber nicht alle, haben bei unserem schönen Leben ein schlechtes Gewissen und schämen sich, weil es uns so gut geht.

Wilhelms Urenkelin fragt sich, wie es in den 2020er Jahren mit dieser Welt weitergehen soll. Wird man die vielen Annehmlichkeiten erhalten – sie womöglich weiter ausbauen können? Oder werden Katastrophen uns in finstere Zeiten zurückwerfen? Junge Menschen wünschen sich Aufgaben, neue Utopien – lassen sie sich finden in unserer perfekten Welt? Es wird wohl immer noch genug zu tun geben.

47

Am Aussichtspunkt

Weit fliegt der Blick über die Stadt
der neue Teil dem alten angefügt.
Die Häuser ducken sich in baumbestandnen Gärten.
Sind eins geworden mit dem hügeligen Land.

Die Menschen, hergezogen hier von nah und fern –
in ihrem Leben mengt sich einst und jetzt
zu neuer Ordnung wächst die Welt zusammen.

Viel Altes, seit Jahrhunderten vertraut
wird Opfer neuer Formen aus Beton und Stahl
die Glasfassade blinkt – ein seltames Auge,
mit Schmerzen muss die Welt sich neu gebären.

Selbsterkenntnis

Nun bin ich wieder ein Jahr älter
gereifter und ein bisschen kälter.
Ich hätte gern etwas geschrieben
was Leute lesen und auch lieben.
Doch leider will kein Einfall kommen -
meine Gedanken sind verschwommen.
Zu klarer Weisheit langt es nicht,
nur zu 'nem kleinen Spottgedicht.
Zu eng ist meiner Grenzen Kreis
und resignierend seufzt der Greis.

Rückblick

Mein Leben glich dem Kahn auf breitem Flusse
verschollen ist der Anfang, unbekannt das Ziel
mal wild bewegt, und dann mit maßvollem Genusse
hintändelnd wie ein unbedeutend Spiel.